Las propiedades de los mate

Flota o se hunde

Charlotte Guillain

Heinemann Library
Chicago, Illinois

www.heinemannraintree.com
Visit our website to find out
more information about
Heinemann-Raintree books.

To order:

☎ Phone 888-454-2279

⌨ Visit www.heinemannraintree.com
to browse our catalog and order online.

Designed by Joanna Hinton-Malivoire
Photo research by Elizabeth Alexander
Translated into Spanish by DoubleO Publishing Services
Printed in the United States of Amreica in Eau Claire, Wisconsin
042015   008924RP

Library of Congress Cataloging-in-Publication Data
Guillain, Charlotte.
  [Floating or sinking. Spanish]
  Flota o se hunde / Charlotte Guillain.
    p. cm. -- (Las propiedades de los materiales)
  Includes index.
  ISBN 978-1-4329-4243-4 (hb) -- ISBN 978-1-4329-4251-9 (pb)
  1. Floating bodies--Juvenile literature. 2. Buoyant ascent
(Hydrodynamics)--Juvenile literature. 3. Hydrostatics--Juvenile
literature.
  I. Title.
  QC147.5.G8518 2011
  532'.25--dc22
                    2010002868

Acknowledgments
The author and publishers are grateful to the following for
permission to reproduce copyright material: Alamy p. **17** (©
81A); © Capstone Publishers pp. **7**, **18**, **19**, **22** (Karon Dubke);
Corbis pp. **5** (© Jose Fuste Raga), **6** (© Andy Newman/epa),
12 (© Frans Lanting); Getty Images pp. **10** (AFP/Stringer),
15 (Gulfimages), **16** (Richard Elliott/Photographer's Choice);
Photolibrary pp. **4** (Ben Davidson/Animals Animals), **8**, **23 top**
(81A Productions), **11**, **23 middle** (Mirko Zanni/WaterFrame –
Underwater Images), **13** (Wolfgang Herath/imagebroker.net), **21**
(J.W. Alker/imagebroker.net); Shutterstock pp. **9** (© mangojuicy),
14 (© Max Blain), **20**, **23** bottom (© newphotoservice).

Cover photograph of river rafting reproduced with permission
of Shutterstock (© Jörg Jahn). Back cover photograph of a stone
sinking in water reproduced with permission of Photolibrary
(81A Productions).

The publishers would like to thank Nancy Harris and Adriana
Scalise for their assistance in the preparation of this book.

Every effort has been made to contact copyright holders
of any material reproduced in this book. Any omissions will
be rectified in subsequent printings if notice is given to
the publisher.

Contenido

Materiales que flotan

Algunas cosas pueden flotar.

Las cosas que flotan pueden ser planas.

Las cosas que flotan pueden ser pesadas.

Las cosas que flotan pueden ser livianas.

Materiales que se hunden

Algunas cosas pueden hundirse.

Las cosas que se hunden pueden ser livianas.

Las cosas que se hunden pueden
ser pesadas.

Las cosas que se hunden pueden
ser sólidas.

Materiales que flotan o se hunden

La madera puede flotar.

La madera se puede hundir.

El metal puede flotar.

El metal se puede hundir.

El papel puede flotar.

El papel se puede hundir.

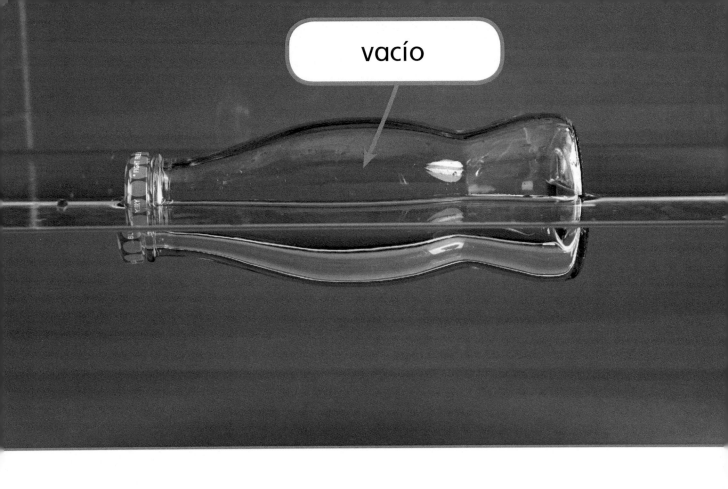

vacío

El vidrio puede flotar.

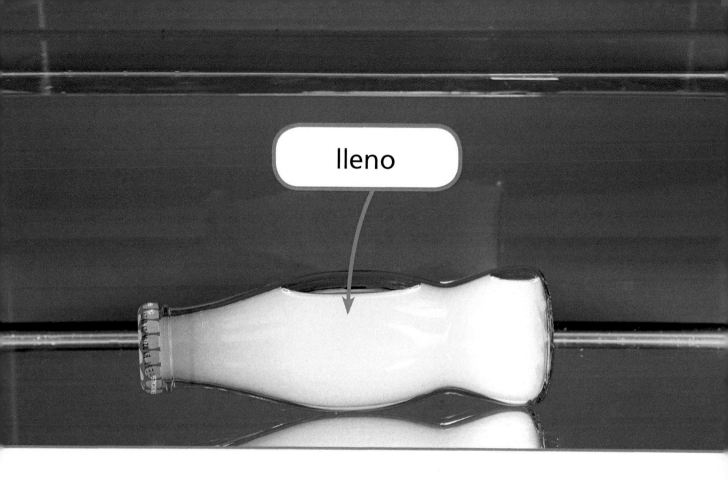

El vidrio se puede hundir.

Las cosas que flotan permanecen sobre el agua.

Las cosas que se hunden caen al fondo del agua.

Prueba

¿Cuáles de estas cosas flotan?

¿Cuáles de estas cosas se hunden?

Glosario ilustrado

 **hundirse** caer bajo la superficie del agua y descender hacia el fondo

 **sólido** cuerpo de forma fija que no es un gas ni un líquido

 **superficie** parte superior de algo

Índice

Nota a padres y maestros
Antes de leer
Explique a los niños que los materiales que flotan permanecen sobre el agua, mientras que los materiales que se hunden van al fondo. Pida a los niños que describan cosas que han visto hundirse o flotar.

Después de leer
Organice a los niños en grupos y entregue a cada grupo un cubo con agua y una bolsa con varios materiales (por ejemplo, una piedra, un vaso de papel de aluminio, un cuadrado de papel, una pajita, una pelota de gomaespuma, una moneda de un centavo, juguetes para la bañera y bloques de madera). Pida a los niños que hagan predicciones y anoten si cada objeto se hundirá o flotará en el agua. Los niños pueden anotar sus predicciones en una hoja de trabajo preparada con anterioridad o en un diario. Cuando los niños coloquen sus objetos en el agua, pídales que observen qué sucede. Después de que los niños hayan terminado de investigar cuáles objetos se hunden y cuáles flotan, hágales las siguientes preguntas:
1. ¿Cuántas de sus predicciones fueron correctas?
2. Describan los objetos que se hundieron. ¿Qué tienen en común?
3. Describan los objetos que flotaron. ¿Qué tienen en común?